AF236752

Les Aventures d'Aisha au pays de la Malaisie

Sylvia Angelika Oelwein

Sylvia Angelika Oelwein

Les Aventures d'Aisha au pays de la Malaisie

Pour les petits lecteurs à partir de 5 ans et
pour les adultes qui n'ont pas oublié l'enfance.

La Bibliothèque nationale allemande a enregistré cette publication ainsi
que les informations bibliographiques de l'auteur dans son registre internet sous:
http://dnb.d-nb.de

Informations détaillées sur l'auteur sous:
info@koechin-anna.de
Tél. 0163 7302237
Traduction: Danielle Diele
Lecteur: Hans-Georg Bauner
Illustrations: Jan Anderson
Graphique: Andrea Mühl

Première édition 2015
Deuxiène édition 2016

Copyright
Tous droits réservés.
Publié en Allemangne

© 2020 Oelwein, Sylvia Angelika

Fabrication et édition:
BoD – Books on Demand, Norderstedt

ISBN:
978-3-752-61195-3

Chers lecteurs, chers enfants,

Longtemps j'ai habité en Malaisie. J'y ai vécu des aventures passionnantes, rencontré une nature inconnue, des animaux qu'en Europe on ne rencontre jamais sinon au zoo. Ce sont des découvertes qu'on n'oubliera jamais. C'est aussi de ces animaux que je vais vous parler.

La Malaisie est un pays magique, ses habitants sont accueillants. Leur vie quotidienne est à la fois modeste et proche de la nature. Bien sûr, on trouve des exceptions dans les grandes villes, à Kuala Lumpur, la capitale, par exemple. Mais les habitants de ce pays sont d'un naturel paisible et s'entraident mutuellement. On y parle le malais, et vous trouverez au cours de mes récits certaines expressions de cette langue. Flâner à travers les rues de Malaisie est un bonheur, celui de rencontrer tant de sourires.

Presque tous les habitants habitent un Kampong, c'est-à-dire un village de petites maison ou de huttes construites en pierre comme nous les connaissons dans nos régions. Les indigènes vivent de la pêche, elle est leur vie quotidienne, leur nourriture et la source de leurs modestes revenus. Ils vendent le poisson aux hôtels. Le soir on découvre à l'horizon des quantités d'embarcations de pêcheurs qui ne reviennent qu'à l'aube. On peut suivre du regard les lumières des bateaux qui partent pour la mer.

Le climat de la Malaisie est bien différent du nôtre. La saison sèche alterne avec la saison des pluies. Celle-ci commence en novembre et se termine en mars. Pendant ces mois il pleut beaucoup, les mosquitos sévissent et la mer, agitée, est dangereuse. Puis vient la saison sèche, qui s'étend d'avril en octobre: la mer est calme mais les températures deviennent souvent insupportables et la pluie est presque inexistante.

La Malaisie est divisée en Malaisie occidentale (Malaya) et Malaisie orientale. Nous sommes ici en Malaisie occidentale, péninsule située au sud de la Thaïlande. Nous nous trouvons sur la côte est de la péninsule, non loin de Singapore, qui a acquis son indépendance il y a plus de 50 ans pour former l'État de Singapore. Un pont d'extrême longueur, le Causeway Bay, franchit la mer et relie les deux États.
La petite Aisha habite près de Kuantan, et je souhaite que ma description de son pays vous donne envie de le découvrir... et de trouver Kuantan sur la carte!

Dédicaces

Pour mes enfants Isabel, Philipp et Julia, encore pour mon petit enfant Paul, et pour tous les enfants du monde, avec le désir d'eveiller en eux l'amour de la nature et de notre planète, et de respecter ses mille formes de langage et de culture.

Petit avertissement
Sachant que peu d'adultes peuvent pressentir la fantaisie enfantine, et qu'ils sont embarrassés de penser de manière simple et spontanée, je souhaite qu'ils sachent retrouver le chemin de la nature.

Kuantan, Malaya, Janvier 2015

Contenu

Aisha 12

Le petit crabe Ketam 14

La famille Iguane 17

Lissi le lézard 20

Utam le martin-pêcheur 23

L'orfraie Timor 26

Les arbres qui parlent 29

La grand-mère 31

D'où venaient ces cochons? 35

Les hirondelles..................................... 38

La métamorphose 41

La surprise 43

Aisha

Aisha a sept ans. Elle vit dans un Kampong avec ses parents et ses frères. Ce hameau se trouve à la périphérie du village de Sungai Lembing. Aussi vit-elle en pleine nature, à l'écart des bruits du village. Ses trois frères, eux, ne sont pas attentifs comme elle à ce qui les entoure. Ils sont plus âgés. Il y a bien le petit Zainiffa, qui, lui, accompagne parfois sa sœur, quand il lui vient une de ses nombreuses idées et qu'elle a besoin de lui pour la réaliser!

Au moment de ce récit Zainiffa a dix ans et fréquente déjà l'école de Kuantan. Son frère Mohamed en a treize, et Ibrahim quinze. Les deus plus grands ont presque terminé l'école et vont entrer en apprentissage à Kuala Lumpur (Kuantan n'a pas de travail pour tous). Mohamed rêve d'être mécanicien sur autos, Ibrahim de conduire un autobus. Zainiffa a un beau rêve, celui de devenir un peintre célèbre.

Le papa d'Aisha est portier d'une station de vacances, et sa maman gagne un peu d'argent grâce à ses travaux de couturière – c'est une grande famille!

L'existence au Kampong est simple mais équipée de tout ce qu'exige la vie de tous les jours, l'eau, une génératrice d'électricité, un réchaud à gaz, un lit pour chacun. Les frères se partagent une pièce. Aisha, elle, a sa chambre, c'est une petite fille.

Il y a aussi le chien Josef, les chats Teluk et Baluk, et puis les poules, cinq poules qui courent partout. Si par hasard un œuf a été couvé, voilà une nouvelle poule pondeuse! Parfois aussi il y aura un bon repas… Mais il reste toujours cinq poules.
Tout autour du Kampong les singes si balancent d'un arbre à l'autre, et il arrive qu'une banane ou une noix disparaisse de la maison. Alors la maman, qui a compté les fruits du repas, se fâche très fort.

Enfance heureuse et simple où Aisha va faire de merveilleuses découvertes.

Le petit crabe Ketam

Aux premières heures du jour Aisha se prépara à aller tremper ses pieds dans la mer. C'est le moment qu'elle préférait, seule sur la plage, avant que sa maman l'appelle pour le déjeuner et l'école.

C'était la marée basse, il fallait marcher longtemps pour arriver à l'eau. Soudain un petit crabe sortit de son trou et lui dit: „Fais attention où tu poses tes pieds, tu m'as marché sur la tête!"

La petite fille, tout effrayée, se retourna pour voir qui lui adressait de telles paroles mais ne vit personne derrière elle.

Non, personne. Alors elle regarda le sable, chercha, et finit par découvrir un petit crabe de la même couleur que le sable.

Aisha se pencha:

„Comment t'appelles-tu?

– Je m'appelle Ketam et toi?

– Moi, c'est Aisha!"

Comme elle s'approchait tout près de la petite bête, elle vit les beaux dessins qu'avait laissés Ketam (qui n'avait guère plus que l'ongle du pouce d'Aisha).

„Oh! C'est un tableau!" dit-elle. Ketam avait travaillé avec tant de patience qu'il s'était creusé une petite grotte et rejeté autour de lui des perles de sable, qui formaient comme une couronne autour de l'entrée de la grotte.

„Mais tu es un artiste! Comment t'y es-tu pris pour dessiner d'aussi jolies choses? Tu vois, moi, je ne sais pas!"

Le petit crabe de fierté, dressa sur deux pinces de devant et: „Oui, dit-il, j'ai travaillé tout ce matin. Et toi qui allais d'un seul pas détruire mon œuvre... tu aurais pu faire attention. Si je ne t'avais pas arrêtée..."

„Pourquoi fais-tu tout cela? Dit-elle. „Oh, il faut que je me dépêche. Si la marée monte je suis perdue, à moins que je fasse comme toi et me creuse une cachette dans le sable jusqu'à la prochaine marée".

Aisha se hâtait de réparer l'œuvre d'art mais elle n'y arriva pas. „Tant pis, dit-il, je m'en occupe. Mais la prochaine fois fais attention où tu poses les pieds!"
Et le crabe disparut dans son trou.

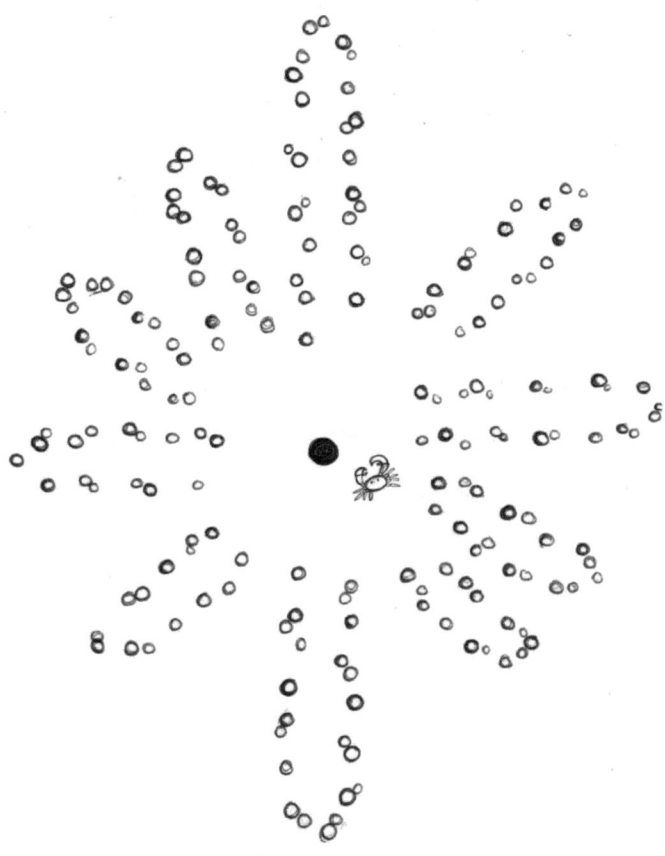

La famille Iguane

Aisha jouait un jour avec ses amies tout près de la grande forêt tropicale. Sous la cascade d'Air Terjun elles s'amusaient à se gicler jusqu'à ce que tout le monde soit trempé. C'était midi, le soleil était au zénith. L'école terminée, les enfants avaient la permission, après un repas de telur (œufs) et de kacang hijau (grüne Bohnen), de jouer dehors.

On s'élança joyeusement hors de la maison, forma un cercle, et s'assit sur le sable. Quelqu'un commença à raconter une histore que l'autre devait continuer. On passait de l'une à l'autre jusqu'à ce que l'histoire soit terminée. C'était vraiment amusant ce récit imprévu qu'avaient inventé cinq enfants!

C'était l'histoire suivante: Il y avait une fois un iguane qui vivait avec sa famille dans la jungle toute proche. Un jour Saya Buruk, le papa, s'était aperçu qu'il n'y avait plus de provisions pour nourrir sa petite famille. La maman, très inquiète, se mit en quête de baies et de petits lézards qu'elle mâcherait pour les servir déjà écrasés à ses enfants. C'est alors que le père rencontra un petit singe très gai qui se balançait de liane en liane.

„Peux-tu m'aider, lui dit-il - ce singe s'appelait Tamtam -, peux-tu m'aider à trouver de la nourriture pour ma famille, qui est affamée. Ici tout a été déboisé et brûlé. Aide-moi et cueille quelques fruits pour ma famille. Je suis trop lourd, je ne peux pas grimper!"

Tamtam accepta, rassembla ses amis, et tous ensemble ils hissèrent Saya Buruk tout en haut d'un arbre. C'était idéal pour faire une abondante cueillette de fruits et de petits animaux. Puis Tamtam et ses amis aidèrent le père à redescendre des hauteurs en faisant la courte échelle. L'iguane trouvait l'entreprise bien fatigante mais il ne voulait pas demander davantage à des singes aussi serviables.

Tout à coup l'iguane se souvint qu'il y avait tout près un village et il se mit en chemin. Le chemin était long et il commençait à avoir terriblement faim. Finalement il arriva au village, mais les habitants tout effrayés se sauvèrent. Que faire, se demandait Saya Buruk, qui aurait voulu poliment de-

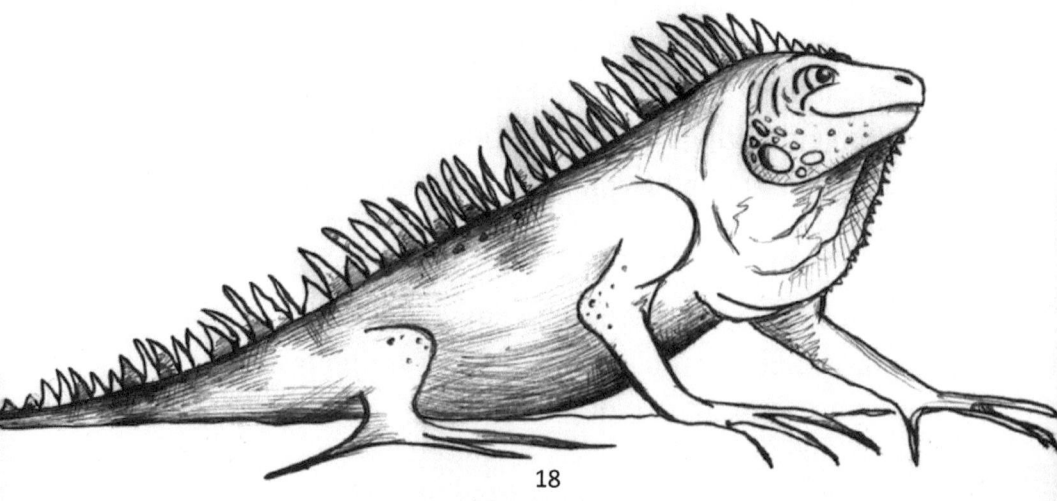

mander à manger. Alors il entra dans une cuisine et se servit des meilleurs plats déjà préparés pour le repas du soir. C'était justement la cuisine de la famille d'Aisha. Il y avait des plats exquis: Ayam (Hühnchen), ikan biarawan (Affenfisch), rumpai laut (Meeresgras), cubis (Kohl).

Il dévora tout ce qu'il pouvait, c'était vraiment exquis. Il était repu, non, il n'en pouvait plus. Il chercha un lit, se recouvrit, s'endormit...

Quand Aisha fut de retour elle trouva Saya Buruk qui dormait dans son lit. Quelle frayeur! „Au secours!", cria-t-elle.

Qu'était-il arrivé? Pendant le jeu Aisha s'était endormie, et c'est elle qui rêvait cette aventure. Elle avait crié dans son rêve, et sa maman doucement la rassura dans ses bras.

„Qu'est-il arrivé, petite chérie?", demanda-t-elle. Quand elle fut bien éveillée, Aisha ne sut pas tout de suite si elle dormait encore ou si elle etait bien là. Alors elle sut que c'était un rêve – mais son cœur battit follement longtemps encore.

Lissi le lézard

Après avoir terminé ses devoirs Aisha s'étendit sur le sable devant la cabane. Elle voulait voir passer les nuages qui traversaient lentement le ciel au-dessus d'elle. Le théâtre de nuages était un jeu qu'elle jouait souvent pour elle-même. Elle observait longtemps un nuage puis un autre jusqu'à ce qu'elle reconnaisse parmi eux des créatures et des histoires. Un nuage ressemblait à un petit mouton, un autre à un loup affamé. Il y avait aussi une fée. Et déjà l'aventure prenait forme dans sa tête, le loup voulait dévorer l'agneau mais la fée transformait le loup en berger et l'agneau était sauvé, il sortait indemne du ventre du loup et le berger prenait tendre-

ment soin du petit être! C'est ainsi qu'elle transformait les histoires trop cruelles en de belles aventures qui finissaient bien, et elle se réjouissait de leur issue heureuse.

Tout à coup quelque chose se mit à bouger sous son bras. Elle eut peur, retira vite sa main, regarda le sol à côté d'elle.

„Mais qu'est-ce que c'est", se demanda-t-elle étonnée.

"Un serpent?" Non, non, c'était un tout petit lézard, qu'elle regarda avec sympathie, toute soulagée. Le lézard se présente: „Je m'appelle Lissi, et toi?"

Aisha était encore un peu hors d'haleine, c'était le choc, mais elle lui dit aussi son nom.

„Voulons-nous jouer toutes les deux, je m'ennuie tellement, proposa Lissi.

„Bonne idée, répondit Aisha, jouons au théâtre de nuages".
Il fallut d'abord expliquer exactement à Lissi en quoi consistait ce jeu. Finalement le lézard comprit et elles purent commencer. Aisha et Lissi se mirent à jouer jusqu'à ce que Lissi – c'était son tour – dise tout à coup: „ Je vois une grosse mouche", et elle commenca à sauter pour l'attraper mais elle retomba sur le ventre et fut toute déçue, c'était un mirage!

Lissi était fâchée que ce ne soit qu'un nuage. „Je ne veux plus jouer", dit-elle déçue de son insuccès en se léchant le ventre que la chute avait rendu douloureux. Mais voilà qu'une grosse mouche s'était posée sur une pierre. Elle s'approcha prudemment, attrapa sa proie, et l'avala avec délice. Ensuite elle s'endormit sur le sable.

Aisha la regardait dormir, la petite bête respirait tranquillement. Elle la toucha doucement pour voir si elle vivait mais, simplement, elle la sentit toute froide et apprit alors que c'était la température naturelle du corps des lézards!

Aisha continua de jouer avec le ciel jusqu'à ce que sa maman l'appelle pour manger. Le lézard continua de dormir, rassasié après son repas de mouche: Manger et digérer, voilà deux travaux bien fatigants!

Utam le martin-pêcheur

L'hiver arriva.

En Malaisie l'hiver est la saison des pluies. Dans ce pays il y a une saison sèche, et puis la saison des pluies. Alors le père ne monte plus que très rarement dans son bateau pour aller pêcher en mer et rapporter de son voyage un bon repas pour sa famille. Mais c'est aussi la saison où il fait moins chaud, où les légumes et les fruits se mettent à pousser dans les champs. Pendant la saison sèche, la chaleur est extrême mais la mer est calme. A cette période de l'année, qui s'étend d'avril à octobre, les enfants ont presque trois mois de vacances. Ce sont les mois qu'Aisha aime particulièrement parce qu'alors elle a la permission de partir en mer avec son papa. Un jour qu'il n'y avait plus rien à manger pour sa famille, le père d'Aisha partit en mer malgré la tempête – il fallait à tout prix qu'il prenne un gros poisson.

A peine avait-il lancé sa ligne qu'un gros poisson heurta le bateau, qui se retourna. Le père tomba à la mer avec sa canne à pêche. Il put se retenir au bateau et échappa ainsi à une mort certaine. Mais comment revenir au rivage, comment revoir sa famille ? Désespéré il criait au secours mais personne ne pouvait l'entendre, les vagues étaient beaucoup trop hautes. C'est alors qu'un martin-pêcheur l'aperçut et tout excité survola les flots jusqu'à la petite maison familiale en poussant des cris perçants. Il cria si bien qu'Aisha finit par l'entendre. Aisha connaissait le langage de l'oiseau, elle et lui étaient des amis. Vite, elle traduisit pour sa maman le message de l'oiseau – il s'appelait Utam – qui avait été témoin du drame et cherchait du secours.

L'oiseau très énervé, poussait des cris et ne s'arrêtait pas. Il voulait vraiment attirer l'attention de la famille. Enfin la maman comprit le message et, regardant vers le large, aperçut au loin sur les flots un bateau coque en l'air et un homme agrippé éperdument à l'épave. Paralysée par la peur, elle reconnut son mari et appela à l'aide tous ses voisins. „Venez à son secours, il va se noyer!" leur disait-elle. De grandes vagues déferlaient contre les flancs du bateau qui disparaissait parfois pour émerger encore. Enfin on ne vit plus rien, l'homme avait sombré. Déjà l'air lui manquait, ses dernières forces l'abandonnait quand un dauphin s'approcha de lui. Il eut encore la force d'entourer l'animal de ses bras, et le dauphin, comprenant, le ramena à la surface!

Le dauphin regardait l'homme et l'homme ressentait pour lui une affection qu'il n'avait encore jamais éprouvée.

Entre temps les voisins de la famille étaient accourus pour aider, ils étaient montés dans un canot à moteur et se hâtaient au secours de celui qui se noyait. Les amis l'aidèrent à sortir de l'eau et il s'affaissa épuisé au fond du bateau. Il jeta un dernier regard à son sauveteur, qui bondit de joie au-dessus de la mer puis disparut dans les flots.

La maman pleura de joie, remercia sa petite fille Aisha qui avait si bien compris l'oiseau Utam et étreignit son mari encore tout tremblant d'émotion.

Un martin-pêcheur et un dauphin avaient sauvé de la noyade une vie humaine.

Notes: Les martins-pêcheurs sont des oiseaux d'un plumage bleu magnifique. Ils ont un long bec pour attraper le poisson. En contraste de leur beauté leur cri est rauque et énervant – mais il peut être utile!

Les dauphins sont de nature douce et attachante. Ils deviennent facilement les amis des hommes et ces mammifères sont d'une fidélité exemplaire.

L'orfraie Timor

Soudain l'orfraie, ce grand oiseau de proie, parent de l'aigle et qui se nourrit de poisson, s'éleva dans les airs comme s'il avait hâte de quitter la terre. Oui, c'est cela, il était très pressé, son arbre était menacé par les flots qui montaient d'heure en heure. Au faîte de l'arbre se trouvaient son nid et ses trois petits nouveau-nés. Il fallait agir vite!

C'était la mousson – la pluie qui ne s'arrête plus. En cette période de l'année il pleut pendant des semaines et la terre n'a pas le temps d'absorber l'eau. Son niveau monte et les champs sont inondés. La population était menacée, tout autour de Kuantan et, bien sûr, la petite maison d'Aisha et de sa famille.

„Au secours", cria le petit frère d'Aisha. „Au secours", crièrent Mohamed et Ibrahim, ses grands frères.

Une nouvelle vague encore plus puissante que les autres s'abattit sur la maison et l'eau s'infiltrait par les fenêtres et la porte qui pourtant étaient fermées.

La frayeur paralysait la maman, mais le père restait calme. Il s'était mis à observer le vol de l'oiseau Timor, qui montait très haut dans les airs. Seule Aisha, qui avait appris de son

papa les signes des oiseaux, savait ce que voulait dire Timor.
Pendant ce temps les garçons se hâtèrent d'entasser des sacs
de sable contre la porte pour gagner du temps contre l'assaut
de la mer.

Le père continuait d'observer le vol du bel oiseau qui traçait
de grands cercles dans le ciel et s'éloignait vers le large. Il le
suivait du regard en priant. Il demandait que sa famille soit
sauvée et Aisha priait aussi, silencieuse et recueillie. Pleine
d'espoir et de ferveur, elle croyait qu'un miracle se produirait
et que le secours était proche.

Soudain Timor revint suivi d'un vol d'hirondelles! Les oiseaux
volaient en formation et se dirigeaient exactement au-dessus
de la maison d'Aisha. Comme elle était ravie de les voir arriver! Ils prenaient leur élan pour surmonter une vague géan-

te. Quelques-unes des hirondelles se précipitèrent dans la vague et disparurent. La petite fille éclata en sanglots de les voir se lancer à leur perte – elles se sacrifiaient pour elle et sa famille afin que la mer s'apaise.

Alors ce fut le miracle, les vagues se calmèrent, du plus en plus petites et douces, et la mer fut tranquille. Tous étaient sauvés.

On remerciait l'aigle marin et ses compagnes les hirondelles, on leur offrait d'exquises friandises. Le père, plein de reconnaissance, construisit un tuteur pour soutenir l'arbre qu'habitaient Timor et sa famille, cette nichée encore trop petite pour voler et qui un jour, elle aussi, prendrait son envol.

La famille d'Aisha pleurait d'émotion, tout le monde s'embrassait, épuisé.

Lorsque les jeunes oiseaux eurent pris leur envol, ils revinrent chaque dimanche trouver la famille et sa demeure en poussant leurs cris reconnaissants.

Les arbres qui parlent

La naissance d'Aisha fut une fête pour ses parents et ses trois frères. Toute leur grande famille et leurs amis furent invités pour ce grand événement. Même les volailles, les chiens et les chats se mêlaient à la gaieté générale. La maman avait confectionné tout ce qu'elle pouvait de bons plats bien que la famille fût très modeste. Quelle fête joyeuse!

Toute petite Aisha souriait déjà, aimant que sa maman l'abrite sous le bananier pour la sieste de midi. Elle restait là, béate dans sa petite corbeille, souriant à l'arbre en s'endormant. Aisha rêvait que l'arbre à bananes lui parlait. Non, ce n'était pas un rêve mais la réalité! „Ma petite chérie, je vais te chanter une berceuse", murmurait-il. Et chantonnant doucement, il l'endormait.

Quand elle s'éveillait, reconnaissant le visage souriant de sa mère penché sur elle, elle ne savait plus si c'était elle ou l'arbre qui l'avait accompagnée dans son sommeil.

La maman la sortait de son berceau, l'embrassait et l'allaitait. Aisha continuait de sourire comme en rêve. Elle regardait l'arbre, puis sa maman, et l'arbre encore.

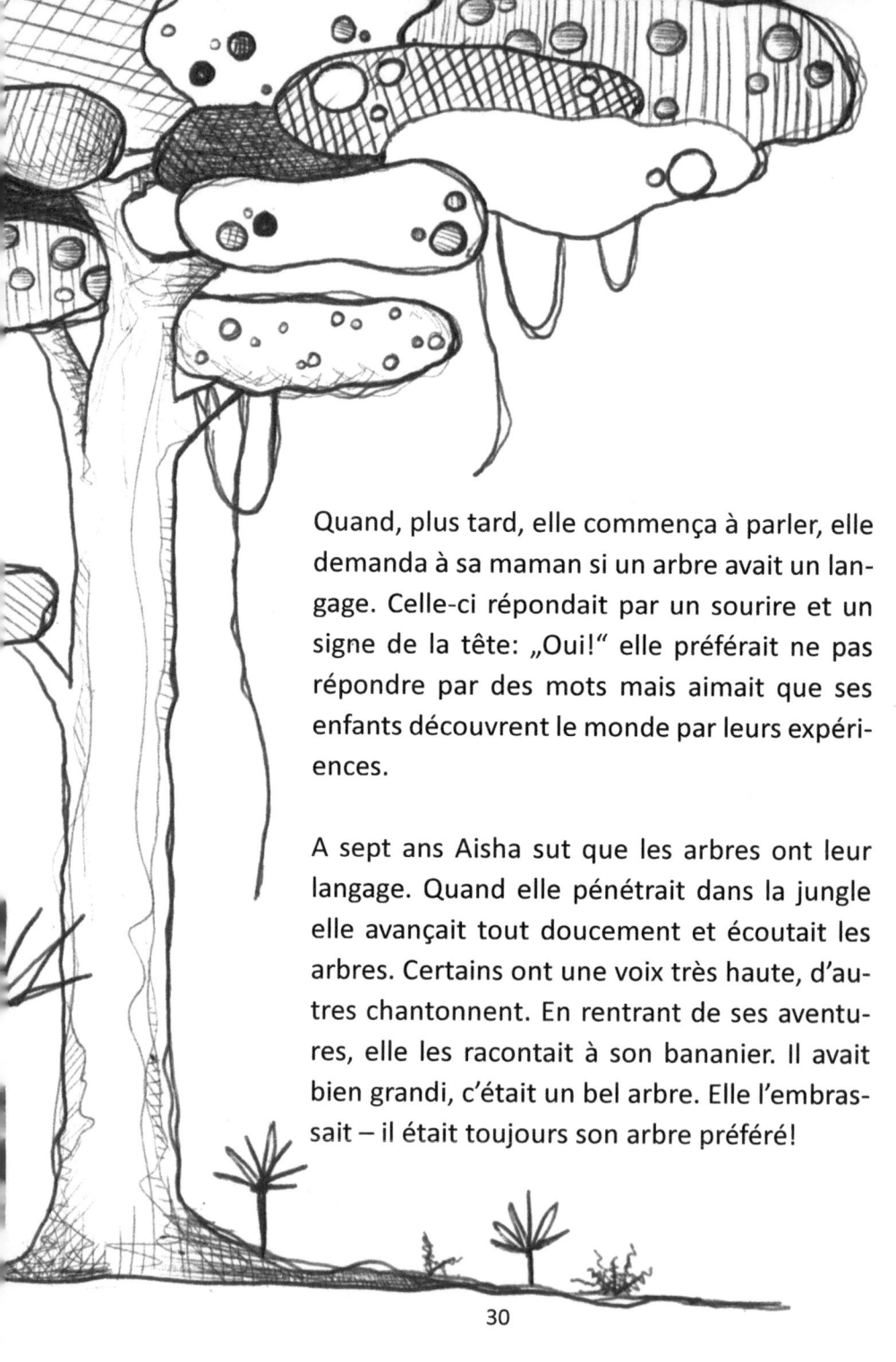

Quand, plus tard, elle commença à parler, elle demanda à sa maman si un arbre avait un langage. Celle-ci répondait par un sourire et un signe de la tête: „Oui!" elle préférait ne pas répondre par des mots mais aimait que ses enfants découvrent le monde par leurs expériences.

A sept ans Aisha sut que les arbres ont leur langage. Quand elle pénétrait dans la jungle elle avançait tout doucement et écoutait les arbres. Certains ont une voix très haute, d'autres chantonnent. En rentrant de ses aventures, elle les racontait à son bananier. Il avait bien grandi, c'était un bel arbre. Elle l'embrassait – il était toujours son arbre préféré!

La grand-mère

La journée commence avant le lever du jour. Il fait encore nuit, les lumières de la ville sont éteintes. Les oiseaux se mettent à leur vie quotidienne, les beaux martins-pêcheurs au plumage bleu lancent leur cri strident:

„Selamat Bagi – bonjour!“ Les orfraies – les grands aigles marins - tracent déjà leurs cercles au-dessus de la mer, réunis pour la journée nouvelle.

Aisha se prépare pour l'école, ses frères sont déjà partis, la maman met de l'ordre dans la maison, le papa est au travail. Tout à coup deux chevaux apparaissent à l'horizon.

Ils s'approchent au pas de la hutte. D'abord Aisha est effrayée mais ensuite elle est tout heureuse:

Elle a reconnu un des cavaliers, ou plutôt une cavalière – c'est sa grand-mère!! Mais comme elle est jeune! Est-ce possible, se demande la petite fille. Ma grand-maman est morte depuis longtemps! Il y avait eu un violent orage et elle fut frappée par la foudre alors qu'elle travaillait au jardin. C'était une jeune femme, et Aisha n'avait qu'un an. Tout était allé si vite! C'est ce que racontent les gens. Ce qui se passe vraiment personne ne le sait. Elle avait disparu, mystérieusement enlevée, et personne ne l'avait revue.

Il y a de cela bien longtemps. Et maintenant, est-ce vraiment elle, cette belle jeune femme montée sur son cheval, avec ce compagnon à son côté?

Aisha, à quoi penses-tu?

Alors elle appelle très haut: „Grand-maman, est-ce bien toi?"

La personne qu'elle nommait ainsi ne fit que sourire, descendit de sa monture et l'embrassa. Elle s'assirent dans le sable. La grand-mère se mit à lui raconter ce qui lui était arrivé et pourquoi elle était venue. Le jour où elle disparut un éclair tomba du ciel et l'emporta très loin dans les airs. Après un long voyage elle arriva dans un pays où les maisons étaient en nuages de coton, les lits de crème fouettée, les fleurs et les arbres d'or pur. Ce pays lui plaisait beaucoup. Elle décida d'y rester. Puis, bien plus tard, elle eut le désir de revoir sa famille et accompagnée de ce personnage mystérieux et de chevaux ailés − c'étaient des chevaux célestes − elle revint dans sa patrie.

La grand-maman avait des yeux si brillants en racontant son histoire qu'Aisha eut les larmes aux yeux et se jeta dans ses bras. Quel bonheur de retrouver cet être chéri disparu de-

puis si longtemps! La grand-mère et sa petite-fille restèrent longtemps silencieuses et réunies dans le bonheur de se retrouver.

Quand Aisha rouvrit les yeux elle fut bien étonée que ce soit sa maman et non sa grand-mère qui la tient dans ses bras. Qu'était-il arrivé? Elle raconta ce qui lui était arrivé. La maman sourit: „Ma chérie, ta grand-maman était certainement près de toi, toi aussi tu lui manquais. Il faut croire que les miracles existent!Mais maintenant, allons, à l'école!"

Alors Aisha comprit qu'elle n'avait fait qu'un beau rêve et qu'elle aurait souhaité qu'il soit la réalité. Elle se retourna encore pour s'assurer que les cavaliers avaient réellement disparu.

Mais le merveilleux moment où dans son rêve elle et sa grand-mère s'étraignaient tendrement, elle ne l'a jamais oublié.

Parfois elle va s'asseoir au bord de la mer à l'endroit exact où tout arriva. Alors elle ferme les yeux et rêve à sa grand-mère.

D'où venaient ces cochons?

Le soir s'approchait, le soleil était bas, les lumières de la ville s'allumaient. Aisha avait aidé sa maman à débarrasser la table du repas du soir, un bon plat familial, „mee", consistant en pâtes malaises accompagnées de légumes. Pour dessert, un ananas du jardin.

La maman faisait la vaisselle, Aisha la séchait, selon la tradition que dans ce pays attend les petites filles et leurs mamans. Les garçons aidaient le père à réparer l'entrée qui mène à la hutte et dont les hautes eaux venaient d'emporter la terre.

Mohamed sentit la présence d'une ombre et leva la tête: c'était une horde de cochons sauvages qui passait paisiblement tout près d'eux! Le plus grand était suivi de quatre petits. Ils avançaient en grognant doucement, dépassèrent les trois garçons et déjà allaient disparaître, quand le père saisit son fusil pour viser le plus gros. C'était une truie. Elle cherchait sans doute de la nourriture pour ses petits. Elle se cabra alors et supplia le père de l'épargner. Il y avait longtemps déjà qu'elle et ses petits étaient en route et tous avaient grand faim.

„Si tu me tues, dit-elle, mes enfants périront puisqu'ils sont encore trop jeunes pour se nourrir eux-mêmes!"

Les petits, apeurés, se dispersèrent en toutes directions. Le père, très effrayé qu'un animal puisse parler, reposa son fusil et considéra attentivement la truie. L'animal aurait pu prendre la fuite, mais non, elle restait plantée devant l'homme et continuait de parler:

„Tu fais une erreur quand tu veux nous manger, nous sommes bien trop gras pour les humains. Préfére les légumes, cultive les fruits, les céréales. Ainsi, toi et ta famille resterez en bonne santé!"

„Tu sais, reprit-elle, nous pourrons t'aider à retourner le sol comme nous savons si bien le faire. Si tu nous gardes comme animaux domestique nous creuserons des trous où tu planteras des arbres – comme nous travaillons bien ensemble!"

En réfléchissant le père se dit que la proposition avait du bon et il rangea son fusil. Il construisit un enclos pour les bêtes. On les lâcherait au besoin. Les cochons sont des animaux intelligents, si intelligents qu'ils étaient parvenus à le convaincre.

Le soleil avait disparu, un coucher splendide colorait le ciel des plus beaux tons fauves; les chauves-souris voletaient en tournoyant, les oiseaux s'étaient tus, les cigales se reposaient entre l'homme et l'animal, on apprenait à se comprendre et à se respecter. Depuis ce jour le père ne tua plus de bête et n'en ressentit que le bienfait.

Les hirondelles

De grands nuages traversent le ciel.

A grand bruit la période des pluies tourne à sa fin, on le sait en Malaisie!

Les hirondelles tracent leurs rondes dans le ciel sans pouvoir planer. De sa fenêtre Aisha les observe, puis elle sort devant la maison pour les observer mieux. Mais que se passe-t-il? Les oiseaux sont tout à coup nerveux et se crient les uns aux autres: „Vite, partons d'ici, la tempête arrive"! Avec de rapides coups d'ailes les hirondelles se hâtent de rejoindre les arbres. Mais elles ne trouvent plus le vent qui les porte. Elles doivent sans cesse battre de leurs ailes pour ne pas tomber. Elles volent à la manière des chauves-souris et Aisha doit faire un effort pour les différencier!

La pluie est arrivée brutalement comme elle le fait dans ce pays.

Mais qu'aperçoit Aisha tout à coup? C'est une toute petite hirondelle venue de la mer se poser sur le rivage. Elle vacille, puis, plus rien. On ne la voit plus. Est-ce ses ailes trempées de pluie, ou bien l'inexpérience du jeune oiseau?

Aisha a les larmes aux yeux, du regard elle cherche déses-
pérément au-dessus des vagues - rien. Elle se dit en pleurant
que la petite hirondelle aura trouvé la paix dans les flots. Ses
larmes redoublent lorsqu'elle voit deux grandes hirondelles
juste à l'endroit où la petite a disparu qui tracent leurs grands
cercles en criant. C'est la nature, se dit-elle.

Toutes les autres hirondelles ont pu se réfugier à temps...
Peu après, l'averse se calme, il ne tombe plus que quelques
gouttes, quand tout à coup Aisha entend des voix d'oiseaux.
Veulent-elles annoncer la fin des pluies? Ou est-ce la plainte
des parents qui ont perdu leur enfant dans l'orage? Qui sait?

C'est triste, ce petit oiseau qui dans sa jeune curiosité s'est
avancé trop loin sur la mer...

A-t-il découvert le merveilleux plaisir de voler et oublié le temps et le lieu? Nous n'avons pas la réponse, sinon que les hirondelles annocent la pluie lorsqu'elles volent bas et le beau temps lorsqu'elles volent haut dans les airs.

Aisha doit accepter les lois de la nature – et sécher ses larmes...

La métamorphose

Aisha dormait. Tout était calme. Soudain une pluie violente la réveilla. La marée avait atteint son plus haut point, la mer s'était apaisée. Une pluie torrentielle frappait, impitoyable, la terre dans un vacarme assourdissant.

Aisha ne se redormit plus, c'était impossible.

Elle ressentit alors des démangeaisons à plusieurs endroits de son corps. Avait-elle oublié de tendre soigneusement sa moustiquaire et de la fixer sous le matelas pour que les insectes ne l'agressent pas pendant son sommeil?

Elle constata que le voile n'était pas tendu, il pendait au-dessus du lit.

Que ces bêtes sont désagréables, pourquoi pourtant est-ce qu'elles existent? Elles se posent sur tout ce qui vit, s'agrippent à leurs victimes, plantent leur dard et en sucent le sang. Sont-elles vraiment nécessaires? Se demandait-elle.

Elle se leva, but un verre d'eau, s'assit sur une chaise pour écouter battre la pluie sur le toit et le sol. Elle pensait aux animaux qu'elle aimait, souhaitant qu'ils soient à l'abri de la tempête. Elle s'était presque endormie quand elle entendit

bourdonner des moustiques. Leurs bourdonnements devinrent de petites voix. Et ces noires petites bêtes s'étaient transformées en petites étoiles multipliées à l'infini et répandues parmi les animaux affamés. Quant à la pluie, elle était devenue toute douce et tiède pour désaltérer ses amies les bêtes.

Aisha sortit de son rêve au moment où elle allait tomber de sa chaise et où elle renversait l'eau de son verre sur ses jambes nues. Vite, reconnaisante, elle rejoignit son lit bien doux.

La surprise

C'est le soir. Un petit singe saute encore d'arbre en arbre, un merle regagne son nid, les cigales ont cessé de chanter. Les chauves-souris commencent leurs vols nocturnes. La mer est calme et le monde est dans l'obscurité.

Aisha souhaite bonne nuit à ses parents et retrouve sa chambre. Il faut encore préparer son sac d'écolière. Puis elle se déshabille, fait sa toilette de nuit. Elle aime cette heure calme avant le sommeil, la journée a été fatigante. Après l'école elle a aidé aux champs. Le travail presse avant la saison des pluies. Il faut semer dans cette terre fertile qui promet de belles récoltes de céréales.

Ah qu'il est bon ce lit moelleux! Vite, une prière. Déjà les yeux se ferment.

Mais quel est ce bruit dans sa chambre? Cela bruisse tout près de son sac d'école. Un lézard peut-être? Elle tend l'oreille, craintive, elle n'ose pas allumer. Du bruit encore, dans un autre angle de la chambre. Qu'est-ce que cela peut être? On mange bruyamment. Le cœur d'Aisha bat fort, que doit-elle penser? Elle attend. Un voleur? Non, puisque les parents sont encore debout, il y a de la lumière dans la hutte. Alors, qu'est-ce? C'est vraiment trop inquiétant, il faut qu'elle regarde. Elle allume prudemment sa lampe de po-che sous la couverture et la braque soudain dans la directi-on d'où vient le bruit.

Oh! C'est un hérisson, qui est aussi effrayé qu'Aisha! Il écar-quille les yeux, la regarde, lâche presque le morceau qu'il tient dans sa petite bouche.

„Pardon, Aisha, dit-il, j'avais tellement faim que j'ai mangé la tartine que ta maman t'avait préparée pour l'école!"

Comment, un hérisson qui sait parler?? Se disait Aisha sans montrer son étonnement.

„Bien sûr, dit-elle, tu entres chez moi, tu ouvres ma serviette, tu voles ma tartine et tu la manges! Qui es-tu vraiment?"

Aisha avait rencontré tant d'animaux étranges qu'elle s'était presque habituée à les entendre parler.

„Tu aimerais bien que je te dise que je suis un prince sous mon aspect de hérisson? Mais je ne suis qu'un simple hérisson affamé!"

„Mais alors, comment sais-tu ouvrir le sac et en tirer une tartine comme le ferait un être humain?" lui demanda la petite fille.

„Parce que, parce que…"balbutia le hérisson.

Derrière le pupitre d'Aisha apparut son jeune frère Zainiffa. Il riait de tout son cœur.

„Tu m'as vraiment fait peur, tu n'as rien de mieux à faire que de m'effrayer?"

Zainiffa continua à rire de sa plaisanterie. C'est lui qui avait fait tout ce bruit et ouvert la serviette. Ravi que sa sœur ait pris vraiment la chose au sérieux, vite, il s'échappa de la pièce.

Le hérisson, lui, regarda encore longuement Aisha, puis lui dit:

„Maintenant tu te demandes si ce n'est vraiment pas moi qui ai parlé, n'est-ce pas?"

Qui des deux avait parlé: le frère ou le hérisson??

FSC
www.fsc.org

MIX

Papier aus ver-
antwortungsvollen
Quellen
Paper from
responsible sources

FSC® C105338